云石诗影

刘治华 著

等一场雪再睡去

西北工业大学出版社

西安

图书在版编目(CIP)数据

云石诗影:等一场雪再睡去/刘治华著. —西安:西北工业大学出版社,2020.4
ISBN 978-7-5612-6914-5

Ⅰ.①云… Ⅱ.①刘… Ⅲ.①诗集-中国-当代 ②摄影集-中国-当代 Ⅳ.①I227 ②J421.8

中国版本图书馆 CIP 数据核字(2019)第 274273 号

YUN-SHI SHI-YING:DENG YI CHANG XUE ZAI SHUI QU
云 石 诗 影:等 一 场 雪 再 睡 去

责任编辑:隋秀娟	策划编辑:付高明 隋秀娟
责任校对:李文乾	装帧设计:熊振华 纪 欢

出版发行 西北工业大学出版社
通信地址 西安市友谊西路 127 号　　邮编:710072
电　话 (029)88491757,88493844
网　址 www.nwpup.com
印 刷 者 陕西瑞升印务有限公司
开　本 889 mm×1 194 mm　　1/32
印　张 4.75
字　数 108 千字
版　次 2020 年 4 月第 1 版　　2020 年 4 月第 1 次印刷
定　价 49.80 元

如有印装问题请与出版社联系调换

诗,是无形画

影,是无声诗

留住心里的那一簇绿色

治华嘱托我为他将要新出版的书写序，我慨然应允，这是因为治华是我所爱的学生，我跟他之间可谓是熟悉。谈到治华，我的脑海中便立刻浮现出那个黝黑、消瘦但还是带有一些清俊之气的陕南小伙的形象。当时我给他们上美学这门课程，还记得曾对他开玩笑，治华这个名字是不是有点大啊！自此之间相互熟悉。

在校期间，治华喜欢写诗，还跟几个志同道合的学生一起组织了一个艺术社团，排演节目的时候也会邀请我去出出主意，对此我也莫不应允。主要是我觉得应该鼓励年轻人的文学爱好，凡是爱好文学的年轻人，大多数都是些怀抱理想，有一份憧憬的人。这样的推测在之后也得到了印证。

毕业之后，治华没有离开陕西，留在了西安工作，国企、民企、创业都经历过，他是在寻找兴趣所长和工作之间的平衡，不过好在这样也就拓宽了他的视野。工作间余我们还时而有些往来，治华来看我时，总是背着他的相机，能看出他很喜欢摄影，问起文学创作的事情，答曰因为工作忙，也就写不了多少。

在他事业转换求索的路上，治华找到了自己一生的伴侣小隋。当他将小隋领到我面前的时候，我不免有些惊叹，这是一个非常美丽聪明的姑娘，而且毕业于著名的厦门大学中文系，我不免好奇为什么这样一个聪慧美丽的姑娘会从东海之滨来到地处内陆的西安，而且还看上了我们治华。我后来还开玩笑说，小隋可能就是专门来找治华的吧。他与小隋结婚的时候，我刚从海外学习回来，他请我上台讲了话，我大概讲了许多鼓励和祝福的话，还记得当我走下典礼舞台的时候，有人告诉我治华哭了。我当时颇悔是不是话讲得过于煽情，但现在想来这些话都是我内心最真挚的祝愿。在中文系任教这么多年，之后能经常联系的男生可谓是少之又少，这当然也是因为中文系的男生一向缺乏，但我想更主要的原因在于，治华是一个情深意长的人。因为内心存有太多的善良和温暖，使他能够不为社会的冷漠所浸染，对生活、对文学艺术之道永远不改其热爱和眷恋，这相比较大多数人来说，实在是一种难能可贵的品质。

自治华留在西安之后，西安也获得了飞速的发展，城市越来越庞大，人口越来越众多，每天早晚，街道上总是熙熙攘攘，一派热闹拥挤的景象。人们东奔西走忙着自己的生活，往往在平凡琐碎的日子里慢慢丢失了原本所有的很多东西。但从治华身上，我知道这个城市里有着一群人，面对生活繁重的挤压，总是能够欢乐地面对，很好地守护着自己原本纯情晶莹的心灵。我为治华能始终如一地坚持这样的品性而感到高兴，也为他不断地享受着生命的幸福而感到高兴，希望他这样一直快乐幸福下去，与他的家人和他们的孩子。

治华现在所整理出来的这个集子，我将其分成两类。一类是初出社会，走上工作岗位之后的所思、所悟、所感。这一类诗多表现个体生命的孤寂以及对各种爱的回忆和期盼，总体上表现为一个社会中的个体对生活的直面朝向。像是作于开卷的第一首诗《蜷》，诗的前半部分，句式上排比分行，"上班""路上""家里"三个场景依次呈现，能够想象一个初入社会的年轻人对个体生命处境的审视和感叹；后两句"风冷了谁的夜，又敲开了谁的窗"，又突然从生活的困顿中跳出来，表现出一个多梦的年轻人对于人生的期望。后两句诗从形式上还可以看出带有比较明显的现代新诗仿古体的意思，从作者的诗歌创作理路上来讲，作者还在用从校园里习得的思维模式在咀嚼生活。其他同期的作品像是《寄》《仰》《沉》等诗歌还都有着几乎相似的主题和情丝展开模式。

治华按照时间线整理出来的这个集子，你越读下去，就越为作者内心的丰富、敏感、多情、阳光所感染。随着年龄增长以及社会阅历的丰富，其诗明显让人感觉出他自信洒脱了许多。这样的变化也符合写作的一般规律，年轻的时候写诗大多还处于学习阶段，因此当中除了完全直抒胸臆的东西之外，其他的情绪往往表现为一种借鉴。而长成之后所创作的诗歌，则会一定程度上突破形式的束缚，有着更多的烟火气，属于自己的体验以及感情也就越来越多。像是我比较喜欢的《茶蝉》这一首，读的时候我立刻联想到了洛夫的名篇《金龙禅寺》，相同的文思，却是不一样的主题和意境。作者明显是在说着独属于自己的人生体验和感悟，读了这样的诗很难不让人为作者对故乡的眷恋所感染。其他的诗像是《等一场雪再睡去》《青衫》《谷雨》《诗佛》，等等，内中还能够看到作者少年时的坚持以及化古为今的创作脉络，只是岁月的年轮发生了变化，治华与诗歌之间的关系也发生了变化。之前治华的诗歌，总给人一种生命中唯一寄托的感觉，而在成长和磨砺之后，诗中"游戏"的成分多了，但是诗歌却更加自然灵动了，也更加带有了生命活的气息。

以上就是我所写下的一些简单的文字，没有什么飞扬夺目的文采，但这些东西都是我内心深处最直接的表达。一个我所熟知的人，有着他所爱的家人和他所爱的文学艺术，并且沉浸其中，满腔热情从不放弃，也带给我巨大的幸福感和满足感。就让这些似乎称不上什么序的文字来表达我的祝福吧！

二〇一九年十二月一日
姚明今于交大

（姚明今，西安交通大学中文系副教授，哲学博士。）

用诗影和世界对话（自序）

诗是介于理想与现实之间的桥梁，是自我与超我一次次的交锋与和解。勃发之春、激情之夏、多思之秋、静谧之冬，都能生发写诗的冲动，因为诗可以兴，可以观，可以群，可以怨。而摄影则是另一种语言的表达，截取生活片段，将流淌的时光收集。

于我而言，写诗是构建理想与现实冲突时的"安全岛"，也是浇灌感恩之花的"长流水"，更是自强不息的"润滑剂"。大学时读到泰戈尔的清新短诗，触发了写诗的激情，夜半披衣而起，连续几首地写，以至于到了"为赋新词强说愁"的地步。现在，写诗已融入了生活，并成为一种感性自觉。

2004年，我的一首诗被发表在《西安交大报》上。"并不是秋天/才有落叶/你可看见/绿荫丛下/还躺有憔悴的生命"（《落叶》）。这首乍看带些消极意味的诗竟然能发表，激发了我写作的自信和热情。2005年，参加首届中华校园诗歌节并获奖，对我的诗歌写作又是一次鼓励。

习诗至今，断续已有十五载，我的诗歌也经历了三个时期的蜕变：第一个阶段主要是对中外优秀现当代诗歌的广泛学习和吸收，尝试多种表现形式，感情抒发有点"浓得化不开"。第二个阶段，因常读诗词的缘故，进行创作时不自觉地用典或者用了诗词的结构韵律，也一并生产了不少诗词的"下脚料"。第三个阶段，激情被生活消磨渐少，同时也对此前的创作理路产生了怀疑。就在这个时期，因于西安举办第二届中国诗歌节的机缘，与诗评家兼诗人沈奇教授相识，并受他"内化现代，外师古典"的诗学理念影响，开始了新的尝试和创作。

"抱石非玉"小辑便是对近几年诗歌探索的遴选，"抱石"二字取自沈奇老师书赠于我的"居云抱石"。依我粗浅的理解，"居云"喻指理想，而"抱石"契合现实；居云而抱石，就有了诗，平淡的日子也成了诗。居云抱石，便有了这样一幅生活图景：每每坐望秦岭，就想到了南山的云，山峪里的溪石，幻化成为透彻心扉的清流，从石上滑过。

我的摄影开始于2009年，起初是因为工作需要边学边拍，后来购买了单反相机成为一名真正的爱好者。从那时算起，到现在也有十年的时间了。由于手机的便携和手机拍照技术的飞速提高，现在多用手机拍摄，并以每日一拍的方式进行日常练习，一则是培养观察事物的敏感，二来也留下些雪泥鸿爪，可谓一举两得。

"左手写诗，右手摄影"。对于踩在而立与不惑正中的我而言，好像该做一次像样的总结，也是为了更好地出发。诚如挚友永明所言，"盘活存量资源才是到达幸福的捷径"，这也许是对一个业余诗人为何结集出书最妥帖的回答了。

写诗和摄影丰富了与世界沟通的语言，让自己能够去感知美好并蔓延开去。在时代的洪流中，能够保持诗人品性和浪漫情怀，离不开这么多年来师长的关心爱护和各方朋友的一路扶持。要感谢的人实在太多，常挂记在心，在此一并致谢！如果在这本集子里有那么一两句一两首诗，或是一两张摄影作品，能让诸君感受到我想表达的美好，那便是我的造化了。

刘治华

二〇一九年孟冬于西安

推荐与评论

　　云石的诗像他的摄影一样有着干净的捕捉力，仿佛万物都能够如此自然地流入他的诗中，而诗人的主体性精巧而又克制地藏匿于镜头之后，远观不亵玩，景物与诗人之间便形成了令读者放松、沉浸的互惠关系，这般状态下的阅读正是值得读者等待的那个，和雪一同浅眠的时刻。现代阅读中，读者失去的往往多于得到的，《云石诗影》也许可以再次提醒我们，一些偶得的触悟荡漾于生活中的如波美意。

　　——肖水（诗人，复旦大学文学博士。曾任复旦诗社第二十七任社长，创办复旦诗歌节、复旦诗歌图书馆、复旦大学诗歌资料收藏中心。出版和翻译诗集多部。曾获未名诗歌奖、《上海文学》诗歌新人奖等多种奖项。）

　　认识治华已有15年，我们相识于交大"年华"，他是编剧组负责人，我跟他一起写点东西。作为诗人的治华是有些"孤傲"的，如果不是因为后来我们都留在西安工作，并且常在一起喝茶聊聚，可能对于诗人高傲、冷逸的偏见会一直保留。事实上，当我真正走进治华诗意的世界，感受到的是君子如玉般的温润。他跟这个时代密切联系却始终保持距离。从他进入摄影世界开始，诗人的眼里就有了画意，二者日渐交融，诗中有了色彩和构成，镜头里也留下了故事和情愫。作为"80后"职场人士，治华用他的文字和图像表达了现代都市生活中的我们所向往的"诗和远方"。其实"诗"不必在"远方"，在治华的笔下和镜头里,何处不是远方?又何曾离开当下?

——李伟(油画家,西安交通大学艺术系硕士,师从著名油画家刘爱民教授,西安交通大学"西迁精神"主题油画主创。作品曾入选"高原·高原——中国西部美术展油画展"等展览,被多家机构和个人收藏。)

近年来觉得盘活存量资源才是到达幸福的捷途。庄子讲"小大之辩",认为"有所待"是不够自由逍遥的,可惜凡人很难达到这种"无所待"的圣人境地,必须一路辗转于有为法的造作,必须承认生活是有限制的,有所凭借的,不可能绝对自由。生活中的大鹏们"有所待",得见云气青天之雄奇;蜩与学鸠们"有所待",得知榆枋草地的秀美——这在幸福感上并无高下之分,因为幸福不在于身为大鹏还是学鸠,而在于能否在各自大小不一的限制约束中坦然自得,辗转腾挪,悉心体味,追求美感,这些我看来是真正的生命力的展现。以粗疏的增量求幸福,总是会感觉不足够,疲于应物。必须建立一个边界,在围墙里细心建造,治华的诗就是他用心构筑的幸福的围墙。

——张永明(毕业于西安交通大学中文系,央企、外企、私企、公务员工作遍历后,现负笈日本从事汉学研究。)

目录

- **003 一字成吟**

  - 004　　蜷
  - 005　　寄
  - 007　　仰
  - 008　　沉
  - 010　　落
  - 011　　舍
  - 013　　念
  - 014　　空——电线
  - 015　　空——流浪

- **017 无题三行**

- **039 生活现场**

  - 040　　旧物件
  - 041　　豌豆船
  - 043　　假如我是那只鸟
  - 044　　是谁
  - 046　　致她

- 048　　写给自己的诗
- 049　　中秋早市即景
- 051　　蜗牛与早餐
- 052　　一个萝卜的世界
- 054　　西花园与胭脂坡
- 055　　卑鄙的我
- 057　　等一场雪再睡去
- 059　　致

- **061 抱石非玉**

  - 062　　曦微
  - 063　　凭风
  - 065　　冻月
  - 066　　沙仙
  - 068　　落黄
  - 071　　小雪
  - 072　　柳思
  - 073　　荷月
  - 075　　云心
  - 076　　见秋

078	茶蝉	112	乡音
079	秋味	114	秋燕
081	凉秋	116	桂香
082	深蓝	117	二言
085	窗格	119	绝域
086	半晨	121	冬至
088	寒晨	122	树高
089	不夜	124	春分
091	雪国	126	清明
092	冷月	127	春水
094	齿香	129	仲夏
095	桐花	130	夏竹
097	窗花	132	桐叶
098	雨前	133	立秋
100	霜叶	135	诗佛
101	百合	136	九月
103	青衫	137	雨人
104	无言		
106	夜泊		
107	谷雨		
109	断奶		
110	闪秋		

万亩葵花向太阳

一字成吟

蜷

蜷在上班的格子间
蜷在回家的公交车上
蜷在秋晚的被子里

风冷了谁的夜
又敲开了谁的窗

2013-11-01

寄

寄在夜里
一盏灯
照亮纸上的字影

寄在远地
风吹来妈妈的饭香
啴摸童年的呼唤

2013-11-05

云石
诗影

秋月扇景

仰

像个人样,抬头
　　　　望日
　　　望月
城市的天际线再增高
　　　　尘霾再变厚
也挡不住天蓝

2013-11-05

云石
诗影

沉

熟悉水性的鱼
在爬满青苔的石头上滑了一跤
跌入潭底

艄公的小船渐行渐远
美人睡了千年
才被浣女的捣衣声唤醒

2013-11-05

一字成吟

"手"护打渔人

云石
诗影

落

如今都躺在冰冷地上
被踩在脚下
送往填埋场
大的 小的
厚的 薄的
曾经在阳光下你争我抢
成就一季的风光

那些幸运的
从摄影师的硬盘里爬起来
选去某个影展被人瞻仰

2013-11-05

舍

一盏浊酒
在腹中燃烧
烧断了七零八落的情念
顺着羊肠小道蜿蜒

大地包容一切
又埋葬一切
在合欢树底
男欢女爱的图腾
开成昙花一现

2014-02-12

云石
诗影

书与赎

念

去年的雪
也下在这样的冷夜
兰花静放
空气中只留下风的味道
雪渐成雨
打湿整座城
那些无法触碰的角落
该有人去温暖
心中的雪融化了
遇上多雨的季节
一起流淌
　　远去

2014-02-12

云石
诗影

空——电线

城市青筋暴起
被有增无减的车流人潮
压弯打卷
却用光和电
畅活城市血脉
陪伴土著和外乡人
不一样的暖夜和孤单

2015-07-07

空——流浪

当狗没了主人
它就成了流浪狗

2015-07-12

无题三行

云石
诗影

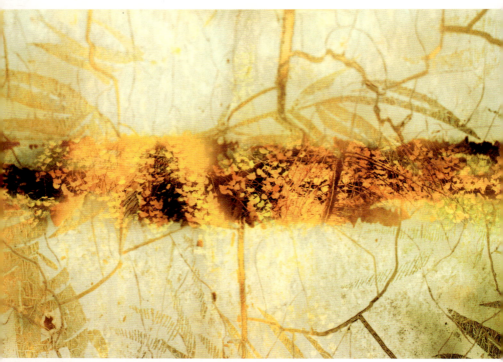

秋色叠影

无题三行

1.
历史苍茫
音乐躁响
谁在废墟起舞

2016-01-28

2.
通天洞地的金箍棒
18K 的发箍上
时光锈迹斑斑

2016-01-29

3.
如果青春可以融入积雪
我愿顽固不化
站成几个世纪的冰川

2016-02-01

云石
诗影

朱雀云天

无题三行

4.
立春的阳光
吹散了南山雪
满城都是春的消息

2016-02-05

5.
皮囊之下
曼妙的名利
都逃不过一丝不挂的岁月

2016-02-19

6.
乘风起飞、降落
生根、发芽、开花
带着苦味芬芳

2016-02-27

云石
诗影

秋晨泳者

无题三行

7.
他的背影
好像一条狗
在云端的蜃景里高大

2016-02-28

8.
在最美之前
我已知你
四月芳华

2016-03-03

9.
人面桃花
不经意的对视
了却一生等待

2016-03-04

云石
诗影

秋分·日出

024

无题三行

10.
在你的季节
贴了标签
人群中忘了容颜

2016-03-06

11.
二月春风
剪了谁的发
剪不断柳丝绵

2016-03-10

12.
踏花归去
谁还记得
赏花的高台

2016-03-15

云石
诗影

秋天的树

13.
雨还是没下
告别的吻
等待被淋湿

2016-03-21

14.
那抹红
似夏洛的网
救了风口的猪

2016-03-23

15.
梧桐树上
稀疏的时光
等你在四月成行

2016-03-25

云石
诗影

梧桐之夏

无题三行

16.
故乡
在胃里划过
在指尖流淌

2016-04-26

17.
瓦灰色的墙
故纸堆的阳光
雕刻着青春模样

2016-05-13

18.
荷花招来了蜻蜓
莲还懒懒地睡着
昨夜的雨住在梦里

2016-06-25

云石
诗影

19.
黄金、白银、青铜
褪去时代的色彩
创造之火依然闪耀

2016-07-01

20.
火烧云在天边
夏荷般
绯红的脸

2016-07-31

21.
在路边荒野
偶遇
我们相望而笑

2016-08-03

无题三行

火凤

无题三行

22.
是你,只有你
让我的爱天鹅绒般纯粹
我的眼如沐清泉

2016-08-12

23.
繁华与寂寞
在这巷陌深处
拐了几个弯

2016-09-05

24.
秋风落叶下
几处猫声
陌生人落寞成行

2016-10-17

云石
诗影

太乙独松

25.
是谁的伞，晒成了霜
冷月无声，灯影摇晃
梦靠不了岸，风吹向远方

2016-10-25

26.
我是猫
在寒风里散步
等待消磨时光的人

2016-11-10

27.
告白
在转身的泪眼里
告别

2016-11-23

28.
西花园的长椅
雨打湿了丁香
你的记忆拖得老长

2017-04-03

无题三行

木香花下的姑娘

生活现场

云石
诗影

旧物件

院子里停着老式二八
座椅上歇下早春的霜

驮着小伙子的青春
驮着大姑娘的童年

转动车轮
忽闪的链条里
闪出不服老的表情

2015-02-26

豌豆船

造一艘豌豆船
划向故乡的胃里

那田野的豆苗香
再次长成身体的某个细节

2015-05-11

云石
诗影

丽江古巷嬉戏的母女

假如我是那只鸟

假如我是那只鸟
跟它一样又蹦又跳
时而抬头张望
时而低头寻找

快乐
像散落在草丛的种子
跟着那只鸟飞上高空
不作片刻的栖息停留

2015-05-27

云石
诗影

是谁

是谁在窗外徘徊
夏雨,暴风,也许是迷途的鸟

念佛是谁
寺僧,居士,还是求佛之人

我是谁
不经意沾了一身的尘埃
多想化作一缕风,浅浅吹过
吹过那积尘、浮土

2015-06-24

生活现场

方向

云石
诗影

致她

天生的乐天派
最懂得排遣寂寞
向偶遇的蜗牛道一声早安
跟脚下的蚂蚁谈一谈理想

看似漫不经心的自由
把牵挂的衷肠深埋

头也不回的决绝
背包里装满了悲伤
那揉碎的念想
在日记本里爬成了诗行

采一束蒲公英的花
掬一捧石上清泉
一阵风 散了花 洒了泉

你笑了，笑得目空一切
路人也笑了

2015-09-23

生活现场

金"贵"

云石
诗影

写给自己的诗

落在地上的秋已经扫去
挂着的还需要一季的风

在挥动的扫把里
南山空了
山寺空了
心也空了

不起眼的扫地僧
才是武功最高的那个人
影视剧都是这样写的
写在剧中的
都是看不见的梦

2015-09-23

中秋早市即景

肉案旁的少妇手起刀落
蘑菇利索地溜进姑娘的口袋
豆腐西施的摊前总是排着队
糙汉的卖花车也围满了人
虾调皮地蹦来跳去
推车里的小狗很安静
两条街的小贩
选菜寻根的异乡人
都在早市找到家的味道

2015-09-27

云石
诗影

西江千户苗寨

蜗牛与早餐

当你遇上
遇上一只蜗牛
夏日雨后的清晨
或是深秋雨中的早市
多么地幸运呵
一天的舒心
一餐的绿色

看吧,又来了一只
一步一步往上爬

2015-10-06

云石
诗影

一个萝卜的世界

一个坑
不深不浅
一盘菜
不咸不淡

这个季节
最好炖了吃
在阴郁的雨雪天里
煨汤,燃烧心火

白萝卜
红萝卜
青萝卜
水萝卜
空心萝卜
通通都炖了去
这个世界再也
不需要萝卜

2015-11-05

生活现场

高山杜鹃之三藏取经

西花园与胭脂坡

十年前的西花园
十年后的胭脂坡
都种着桂树

花香如故
金黄如你

收获的季节
头枕秋风
遥望高天

风带笑意
云上有你

2016-09-24

卑鄙的我

用成长偷走父母的青春
离家时头也不回的背影

打着领带假装白领
不在路边的空碗里
投下一枚硬币

总是在别人的功劳簿上
签下自己的名字

蝼蚁般苟且
夕阳下盘算日子

卑鄙如我
小草举起了石头
黑夜睁开了眼睛

2017-10-20

云石
诗影

大雪飞檐

等一场雪再睡去

等一场雪再睡去
裹雪而眠

雪不停
梦不化

等一场雪再醒来
披雪而起

雪不走
心不移

拨开孤独假面
在那晶莹剔透的雪镜中
热泪成冰

2018-01-03

云石
诗影

雪中红梅艳

致

看到你绝尘而去
留下销魂背影
我知道
又要错过你了

不知道
这一生还要追你多少回

四九的风卷起黄叶
我打了一个寒颤

冷雨里步行的外卖小哥
冻肿的双手
没有敲开二十里外的酣睡

还好,只有十里
春风寒

2018-01-23

抱石非玉

云石
诗影

曦微

晨雾笼青山
准备升起的太阳攀上地平线
布谷鸟叫醒露珠
给太阳补足一天的活力
七色汇聚
人们打着呵欠
抬头向东方致礼

2014-05-20

凭风

草船借箭
亏了那一阵风
水波不兴
握篙的舟子唯有叹息

屏是屏障
欲露还羞的半屏风景

2014-05-23

云石
诗影

风云

冻月

零下的风
将月冻在枝头
夜梦
广袤而悠长
光偏偏漏滴窗台
寂寞无声

2014-12-03

云石
诗影

沙仙

最耐得住寂寞
远离拥挤的人潮

最懂水的温纯
把每个分子都揉进细胞

最经得住尘埃
沙子入眼又被风吹散

2015-05-19

抱石非玉

沙仙

云石
诗影

落黄

你把金身
还给大地
什么也没带走
了无挂碍而去

挂着的招摇
我们都动了心

2015-11-18

抱石非玉

秋雨梧桐

云石
诗影

滚雪

小雪

小雪扬起
童年

飞呀
直下青云间

2016-11-22

云石诗影

柳思

谁剪了燕子尾
飞过柳丝细

谁羞赧一低头
绯红了桃花

谁吹皱了波澜
荡起一面湖水

谁立岸边
寄下诗叶

2017-03-06

荷月

荷已开满
月又藏在身后

花影重重
却在蝉鸣声里
孤单愈浓

荷月
竟惹
遥夜

2017-07-28

云石
诗影

暴雨之后的西安城墙

云心

最擅变化的云啊
也没心那般不可捉摸

2017-08-04

云石
诗影

见秋

檐上月光
滴了一夜
梦也醒了一半

墙内秋千上
笑语已冷

鸣虫无眠
漏声不断

夜翻了几次身
东方既白

2017-08-08

抱石非玉

故宫的秋

云石
诗影

茶蝉

蝉声高挂
天远地阔

喝四月的茶
听七月鸣蝉

故乡
稻香

田坎的新茶长荒了
茶水流淌的地方也荒了

四月的茶
落在妈妈的茶篮
七月的蝉
没有地方可以歇脚

2017-08-16

秋味

坛中菜根
近得像长空的云

一阵风来
淌过指尖、嘴角

月下清梦
夜跟着发酵

2017-08-19

云石
诗影

东边日出西边雨

凉秋

秋有多高
天知道

作雨丈量
风来捣乱
这雨啊　便下个没停

量，待到叶上染霜黄
凉，梧桐钩月照眠床

2017-08-30

云石
诗影

深蓝

云在飞
一边是远方
一边是朝阳

落在地
一半潮汐
一半连阴雨

红日也冷
白月亦暖

这秋
已深蓝

2017-10-15

抱石非玉

水润万物

云石
诗影

古观雕窗

窗格

你和它
都在博古架
站着

夜里搂着梦
晨光照婆娑

推窗而望
红叶耀眼
每一格
都是你的片段

每一格
又空落未满

2017-11-16

云石
诗影

半晨

夜去了地球另一边
未带走做完的梦

雪下在了山坳
流水如冰

枯坐　倚窗
日头已在别处上升

立交桥的晨雾
是山里吹来的烟

身无薄田
红尘半

2017-11-21

抱石非玉

黄柏塬寒晨

寒晨

月低如灯
照亮前程

疏叶寒枝
钩不住昨昔温存

东方未明
迎风高处
飘渺孤零

2017-12-06

不夜

我们都是夜的孩子
城市不再喧哗
只剩六月的鸣虫低吟

十二月的风
吹在无花之夜
落在无雪之垠

2017-12-27

云石
诗影

书海方舟

抱石非玉

雪国

这一场雪
在北国
也在南国
飘扬招展

这是一场恰逢其时的雪
下在僻远的山谷
在幽静的河岸

最快乐的要数小孩
连大人们也扬起了雪球

昨夜的雪
下在梦里
今晨的雪
下在路上

时间向前
放开胸胆的呼吸
向上升腾

2018-01-04

云石
诗影

冷月

月如镰
一头挂麦穗
一头钩心尖

2018-02-12

抱石非玉

层层叠叠的秋

云石
诗影

齿香

只轻咬一口
绿便长满两排整齐的牙

山坡羊
鼓着腮帮

风从舌尖滑过
又滑向山谷
那汪清泉
吹皱了小溪的脸

啵！
是鱼儿亲了青苔
咚！
是谁投下一颗石子

2018-03-23

桐花

笃笃笃——
啄木鸟敲着屋前泡桐
年轮的碎屑倾斜而下
骤雨后彩虹飞挂

从来只能仰望
就像仰望星辰之海

而今,窗外的桐花开了
却没有少时的端正高大
花自香着
难以入梦

2018-03-26

云石
诗影

西安北客站梭形天窗

窗花

推开一扇春
放走一半心事

像几尾游鱼
假山堆石的罅隙
蹭掉了几片记忆

春风不识人面
桃花的笑零落成泥

蚯蚓挺起了腰
从蜗牛的唾沫下爬过

仰入鼻息的杨花
不谙水性
只听得阿秋几声

2018-03-30

云石
诗影

雨前

关上窗发呆
初生梧桐冻得发抖
叶上花已在雨雪夜诀别

一场倒春寒
催开故乡的油桐

茶山云雾缭绕杯沿
七弦划过姑娘指尖

捏一把春味
向东的清水青
南山蓝

2018-04-07

抱石非玉

柿红寺白

云石
诗影

霜叶

四月的霜
没冷了长河
倒冻伤了初叶

二月花落于堂前
三月笑过
地下的世界很安静
一脚新泥带出了蚯蚓

桥上看景
桥下分明

2018-04-08

百合

在幽谷
野野地生长
这里的春天来得更晚些

生如夏花
在浓荫中绚烂

蜻蜓点过的荷
才是最瞩目的那一棵

百年
好合

2018-04-09

云石
诗影

樱花待人来

青衫

樱花落下
一颗唐朝的朱砂

古寺撞了千年的钟声
沿着青苔蔓延

化一抔陈雪
煮一碗新茶

风打散的旧事
山泉汩汩泛着水花

雀鸟飞过
抖落一羽浅笑

褪色的青衫
遮住草木深

2018-04-10

云石
诗影

无言

凌晨醒来的枕头
被两个深不见底的瞳孔吓了一跳
想找个影子倾诉

墙泛着冷光
倚着书架衣柜床头发呆

寂寞梧桐爬上西楼
深院紧锁
春浅

落花聚了还散
风去雨又来

下弦月
等着日出
长啸的车马睡在路边
立交桥搂着自己的双臂孤单

2018-04-11

抱石非玉

迷幻岛

云石
诗影

夜泊

野旷天低
霓虹数着城市的高度
汽笛攀上幕墙

江月近人
桌上的台灯照在远方
窗前一片汪洋

树的鼻息深不见底
落叶寻不见花的眠床

笔记本像水车作响
云上的空间
装不下一袖遗忘

2018-04-19

谷雨

谷子
在等一场雨受孕
春潮来得急
冷得也急

野渡无人
泅水而去
翠翠的吊脚楼亮着灯
旱烟的指印
还有余温

新芽催酒醒
去哪儿呢
山歌已歇下
徘徊孤舟影

2018-04-20

云石
诗影

嘉午台云海

断奶

晨鸟啾啾
巢边露水已被妈妈捂干
虫儿还未睡醒

宝宝呵
你念念不忘的
乳汁
和怀抱
终将成为振翅一飞

比胸膛更大的
未知世界
等你抟风扶摇

脐带风干
期待未满

2018-05-10

云石
诗影

闪秋

秋虫低鸣
梧桐叶上划过一道闪电

心拆成两半
一半闪电的孤独
一半秋虫的寂寞

雨滚落叶尖
不带一丝留恋
没有边界，肆意漫延

2018-08-21

抱石非玉

霞蔚古城

云石
诗影

乡音

故乡的味道在一汪黑河水里冲淡
幸运的是有熟悉的声音
正从耳廓涌向舌尖

知了——知了——
蝉鸣清脆如才出锅的钢鳅鱼

布谷——布谷——
布谷声里飘来金色稻香

啾啾——啾啾——
秋虫咏叹调像匍匐在地的南瓜

在那声音和味道穿梭的早晨
阳光照在故乡的田埂上

2018-08-31

抱石非玉

稻秧

云石
诗影

秋燕

燕子要飞走了
从房顶振翅而来
绕着窗变换阵形
演练南归的路线

遇上风
遇上冷雨和闪电
该怎样躲闪

可以凭风
可以渡雨
又把新泥
筑人篱下

2018-09-07

抱石非玉

竹上秋燕

云石
诗影

桂香

风借雨势
把残败通通刮走
残雨顺着城市下水道隐退

金桂早早地香了
等不到这场潇潇雨歇

闻香
又何必看见

裹被而眠
像蜷身而抱的婴孩
脚丫抵着妈妈
呼吸香又长

2018-09-17

二言

凌晨两点二十二分
刚刚好醒来
被子,身上,滑下
脖子,枕上,落下

蝴蝶,展翅
晓梦,滑落
露珠,凝结

等待晶莹于
你滚落的草叶
你升华的朝阳

2018-10-19

云石
诗影

望灵应台

绝域

日光弯折成沙影
树叶黄成一片黯淡

失足坠入城市的裂缝
在头上招摇哂笑

创造的
又将埋葬

一段秘闻
写在后人笔记

2018-11-27

云石
诗影

雪山之巅

抱石非玉

冬至

灰色的是天
白色的是饺子

灰霾在头顶
纯净在胃里

季节循轮
候令如约而至

红、绿、蓝
那是自然的绚烂
黑、白、灰
才是人生的高级

2018-12-22

云石
诗影

树高

窗前的树又长高了
褪去了耸叶的虚张
赤条条的枝干没过对面屋顶

窗前的人再也长不高了
也许年龄比眼前的树大
却大不过经年后尺量的树轮

没有树高
那就做一棵
默然的小草

2018-12-31

抱石非玉

唐苑古树

云石
诗影

春分

三分春色
两分都归了尘土

冷绿摇摇晃晃
就连初涨的水也在摇荡
模糊了河与岸的边界

风尘等待归位
为离乡的种子覆土
剩下的一分在潮湿、生根

鸟叫是一样的
此乡、原乡
不过多了几缕心弦的混音
好在树也是一样的
夜里悄悄发芽
白日里芳华

2019-03-21

抱石非玉

河谷秋色

云石
诗影

清明

气清景明
天空和水都一眼到底

柳絮扑面
是这春太多情
风筝老老实实地
把线交给对方
在半空撒完欢儿
再飞回怀中

路边的纸片
是燃尽的思念
在空中转圈

草青叶青
水天一色
放风筝的少年
手里握着的
也是一把青色的爱意

2019-04-06

春水

春潮带雨
不晚
也不急

绿水含着春色
春树潺湲水声

溪边禅院
梵呗层云

2019-05-03

云石
诗影

江边禅院

抱石非玉

仲夏

在五月之晨
鸟儿抖落羽毛上的朝霞
吃完早餐开始练嗓

蚂蚁伸完懒腰
等着雨季来临之后
小麦逐渐丰满

我站在树下
双手捧着洒落的霞光
听百鸟欢唱
看见蚂蚁围在洞口
讨论麦田的收成

2019-05-24

云石
诗影

夏竹

夏日的雨
最喜欢下在竹林
穿林打叶
吟啸，慢慢滑落

新笋外衣渐褪
跳着雨中曲
展露苗条与娇姿
那些成年的竹子
也分毫不让
打开四肢，腰线笔直
舞着华尔兹
每一节沉淀里
都是岁月的风情

2019-06-21

抱石非玉

竹园晨光

桐叶

鹟鸟行
梧桐止

雨歇
叶落

秋天梧桐的意象
寂寞又多愁
不似夏日暴雨那般
从叶脉纵身一跃的狂浪

趁秋来之前
写一首火热的诗给你
在三更的院落
拥你一抱阳光

2019-08-06

立秋

立秋了
明天将有一场大雨
洗净苍穹
天高
云阔

关于大地的一切
看得真切
却无法触碰真实

林中的鸟儿倾巢而出
站在树顶路灯电线杆上
展翅舒张
飞向南山之巅
趁着月色望故乡

2019-08-08

云石
诗影

王维银杏

诗佛

鹿鸣辋川
舍庄为寺
风流总被雨打风吹尽
只剩那棵合抱的银杏
还有发黄的诗篇
站了千年

空山新雨后
清泉石上流

诗了
佛衣
去

2019-08-11

云石
诗影

九月

一场雨打湿了的九月
一尺水
一丈寒

沉沉的叶子下面半透着微光
北城的，南山的
秋菊桂树和茱萸
正是花黄时

连雨初晴
月上高天
远方落在眼前

2019-09-01

雨人

若能系上缰绳
也不会任寒意连绵

信马由它
秋心两半

行走江湖的佩刀在生锈
喝了半碗的酒开始上头

满是故事的雨
从街角漫上脚背
没留下点滴痕迹

2019-09-14